포옹

황금알 시인선 249
포옹

초판발행일 | 2022년 7월 7일
2쇄 발행일 | 2024년 1월 11일

지은이 | 유자효
펴낸곳 | 도서출판 황금알
펴낸이 | 金永馥
주간 | 김영탁
편집실장 | 조경숙
표지디자인 | 칼라박스
주소 | 03088 서울시 종로구 이화장2길 29-3, 104호(동숭동)
전화 | 02)2275-9171
팩스 | 02)2275-9172
이메일 | tibet21@hanmail.net
홈페이지 | http://goldegg21.com
출판등록 | 2003년 03월 26일(제300-2003-230호)

포옹

유자효 시집

황금알

　나는 시라는 꽃을 피워 팔며 살았다. 꽃을 잘 피우고 잘 팔아 더러 부자가 된 이도 있었다. 그러나 대부분의 꽃장수들처럼 내 시의 살림살이는 아직 가난에서 벗어나지 못하고 있다. 그런데 꽃을 팔다보니 희한하게도 내가 다니는 골목이 환해지고, 내 삶도 덩달아 환하게 피어 있었다. 꽃장수로 산 생애가 이러하였다.

차 례

1부

2부

1부

꽃장수

꽃을 이고 종종걸음
달려가는 아낙네

노동의 머리에 핀
화사한 화관이여

어느새 환해진 골목
덩달아 핀 그 인생

라벤더 연가戀歌

라벤더 꽃향기 속
우리 사랑했었지

보라색 라벤더꽃
속삭여주었었지

바람을 타고 온 향기
그 옛날의 라벤더

역사

역사는
속일 수 있다
속일 수 없다
역사는

속일 수 있기도 하고
없기도 하는
역사는

인간의 선한 의도가
비춰내는 창窓이다

한恨 1

눈물
흐르기 전
마지막
참음으로

저밀 듯
스밀 듯
배어나는
아픔으로

비단 폭
여미어 물고
끝내 견딘
간절함

임종
— 한恨 2

시퍼런 칼날 같은
초승달 뜨는 저녁

해야 할 일들도 놓고
총총히 돌아서는

미련도 이제는 사치
잊어야만 하는 때

한숨
— 한恨 3

보이고 보여줘도
다 못 보인 내 마음

끝내 가지고 떠날
그 마음 한 자락이

이승에 떨구고 간
노래인 듯
꿈인 듯

억새

바람의 길을 따라
달려온 시간들이

올올이 일어서서
나부끼는 시간들이

마침내 멈추어서는
정적 속의 아우성

산

누가 그 산이 어디 있나 물으니
산속에 있으면서 산을 찾는다 한다
어쩌랴
이미 떠난 산
찾을 길이 없어라

오늘도 1

꿀벌이 꿀 모으듯
농부가 농사짓듯

화가가 그림 그리듯
수도자 수행하듯

오늘도 나는 묵묵히
가고 있다
나의 길

오늘도 2

들풀이 물을 먹고
꽃들을 피우듯이

고목이 남은 뿌리로
끝까지 버티고 서듯

오늘도 나는 자란다
한 금 더 는 나이테

먼지 1

노래를 지으면서
살아온 한평생이

왜 이리 헛헛한가
문득 서서 돌아보니

자욱한 먼지로 끼는
부질없는 노래들

먼지 2

가난했던 내 나라가
자랑했던 푸른 하늘

이제는 달아나고픈
먼지의 깊은 수렁

그 속에 허우적이며
짐승처럼 할퀴고

자랑

머리 희어 봤니
공짜 전철 타 봤니

경로석에 앉아 봤니
손주 얼마나 예쁜지 아니

아무리
발버둥 쳐도
금방 못 와
기다려

한강공원

강아지 산책시키듯
손자를 데리고 나와

흙 장난하는 양을
물끄러미 바라보다

한 세상 저 강물처럼
어제런 듯
꿈인 듯

시마詩魔 1

당신을 찾아서 하루를 헤맸습니다

때론
아득하여
막막도 하였습니다

아직도
만나지 못해
소스라친
깊은 밤

시마詩魔 2

외로움 커져가도
도와줄 이 없습니다

잠깐
다녀가듯
그리하지 마소서

섣불리
달래볼 생각
하지 마오
더더욱

영감靈感

정작 중요한 일은 생각해서 하지 않는다

숨 쉬는 일
보는 일
듣는 일
꿈꾸는 일

중요한 말을 할 때도
영감으로 하도록

바보

덜컥
칠십 대
그 허리에
올라서서

바라본
내 생애는
한 줄짜리
시 한 수

그것도
끝내지 못해
앓고 있는
외마디

노년

만 리
길을 걸어
오두막에
몸 누이다

밖에는
첩첩 안개
거의 졌는가
잎들은

이제사
은둔의 시간
나를 찾는
적막함

만해마을

시는 말의 절
절은 말의 시

"시 한 편 쓰는 것이 절 한 채 짓는 것보다 낫다"*

스님은 떠나 말 없고
남아 있는
절과 시

* 오현 스님이 생전에 시인들에게 하신 말씀

친구

"죽어야 되겠는데 와 이리 안 죽노?"

오현 스님 늘 말씀하셨지. 그리고는 주변을 정리하셨지. 아는 이가 죽었다는 소식 들으면 "잘 죽었어, 잘 죽었어" 부러워했지. 친구 기다리듯 기다리셨지. 마지막 날 구급차도 돌려보냈지.

그렇지
가장 큰 그 일
정해야지
스스로

눈부처

스님의 눈 속에
들어앉은 내 얼굴

합장하며 반기시네
"거사님은 부처님"

그렇게 찾아다니던
부처님이
바로
나

회상

잠깐
보지 못했는데
저승에 가 있습니다

지척이라 여겼는데
아득한 시간입니다

걸어온 날들이 모두
꽃길처럼 뵙니다

집

세상의 모든 길은
집으로 돌아오고

헤매던 모든 넋들
집에 들어 쉬노니

떠나간 그곳이 바로
평생 걸려 찾던 곳

한계령

짧은 밤도 다 못 자고
눈을 뜨는 새벽녘

소스라친 아픔이사
삶이 주신 축복인 양

받들어 모시고 넘는
또 한 마루 구름길

난

해마다 겨울이면
촉을 뽑아 올리고

소리 없이 망울 맺혀
수줍게 피는 꽃

올해도 새봄의 전령
다시 잇는 한목숨

이른 봄

눈을 뜨니
오늘이란
처음 맞는
낯선 시간

일흔이 넘은 나는
아기처럼 서툰 걸음

얼마나 반가웠던지
잠 못 자도
귀한 시간

봄소식

뼈마디가 풀린다
난이 꽃을 피운다

사랑하는 기운이
전류처럼 흐르는

생명을 허락하시니
무릎 꿇고 받으리

입춘

병 앞에
폭력 앞에
무력한 인간이여

춥지 않은 겨울이
오히려 무서운데

이 난리 갈무리하는
저 하늘의 푸른 손

근황

오미크론인지 코로난지 코감긴지 독감인지
그 흔한 감기마저 왼통 헷갈리는데
며칠을 끙끙거리다 잃어버린 한겨울

선거

친구도 형제도 부모 자식 사이도
마침내 나라까지도 갈가리 찢어놓고
끝내는 책임도 안질 민주주의의 꽃이여

장마

병이 도는 거리에
장대비는 내리고

사람들이 죽어가는
아득한 비명이여

갇혀서 숨죽여보는
무서워라
한 세상

미당 풍으로

장강삼협 물길 따라
파촉 단풍 보러 갔더니

단풍은 아직 일러
기별조차 없었는데

토가족土家族 처녀의 민요 가락에
작년 것만 수줍게 남았습디다

강릉에 와서

초희楚姬 · 균筠*의 집에는
낙엽만이 날리고

울음도 아쉬움도
고통도 다시 없는

신선이 되셨는가요
한숨 소리
갈대숲

* 허난설헌, 허균 남매

감

이 가을 푸른 하늘
수놓은 붉은 점들

반짝
눈물 끝에
흘린 피 몇 방울

아직은
끝이 아니다
보여주는
신호등

가을빛

이맘때면 이렇게
목숨이 끊어져도

황홀한 종언이라
모두들 일컫는데

보아라
눈부신 저 빛
불타는 듯
황금길

섣달

많이 울고 많이 웃고
사랑하고 미워하고

잘살았건 못살았건
그 차이도 별로 없다

어쨌든 내려놓는 일
하나만이 남은 때

제야除夜

똑 –
떨어지는
한 방울
촛농처럼

꽃인 듯
눈물인 듯
외마디
한숨인 듯

기어이
넘겨야 하는
소스라친
한 생애

강설

지상이 그리워
눈이 되어 내리는

저 맑은 영혼들의
눈부심을 보아라

그래서 이 도시마저
문득 서는 경건함

여행

병으로 길 막히면
시간의 길을 간다

과거든 미래든
막아서지 못하는

아득한 영원의 미로
그 길 위에 나선다

양곤의 추억

안 팔리면 어떡하나
저 많은 과일 야채

그러나 장사꾼은
춤추고
낮잠도 자고

한나절 잘 살고 가던
미얀마 재래시장

씨엠립 풍경

앙코르의 신들이여
앙코르의 신들이여
세상에 가득한
3억3천의 신들이여
인간이 사라진 곳에
신들마저 없었네

인간은 호수 위에
마을을 이루었네
물고기 잡아먹고
아이 낳아 기르며
끈질긴 생명을 이어
물풀처럼 살고 있네

비단뱀 목에 감고
손 벌리던 어린 소녀
그 아이가 바라던
1달러를 건네고
만났네 떠나간 신들
숨어 사는 여기서

2부

딱 하루

폭풍설이 몰아쳤다
이 겨울
귀한 눈이 오시니
아무 걱정이 없는
죽기 좋은 날

요즈음 1

석굴암 부처님께 물어봐도 답이 없었다
울산바위는 오늘도 위태롭게 서 있을 뿐
옛날과 달리
나타나지도 않으시는 하느님에게
사람들은 열심히 기도를 했다
영험도 없었다
세상은 사람들끼리
고민하며
싸우며
태종대 파도처럼
부서져 갔다

요즈음 2

삶의 터전이 무너진 상인들은 매일같이 닦던 의자며
탁자들을 때려 부숴 내다 버렸다
집세를 못 낸 사람들은 길거리로 내몰렸다
정치형 시위는 줄고
생계형 시위는 늘고
고통의 공포
죽음은 늘 곁에 있었다

코로나19 환자에게
수감자에게
노숙인에게
노동자에게
시위대에게

숨쉬기가 무서운 세상

도시는 잠들지 않고

도시는 잠들었는가
평화로운 이 도시엔 보이지 않는 병균들이 득실거리고
병균보다 무서운
고독과 절망, 학대와 비탄이 넘실거리고
이 밤에 홀로 목숨을 끊는 이들도 분명 있건만

정치인이란
지구를 향해 직선으로 날아오는 혜성도 쳐다보지 말라
하고 (Don't look up)
심장을 향하는 핵무기들을 보고도 평화론을 펴는 자들
이니

도시는 진정 고요한가
고이 잠들었는가

가상현실

어느 시인이 NFT를 활용해 9천 원짜리 시집을 9백만 원에 팔았다는 뉴스를 보고 곁에 있던 아내가 당신도 한 번 해보라고 한다

세상에 '대체 불가능한 토큰'이라니

요술방망이 같은 NFT가 아이들 장난 같은 그림, 컴퓨터에 나열된 문자 몇 개를 수십억, 수백억대에 팔았다니

아직 주식도 헤매고 있는데

블록체인 기술이라는 것이 등장해 비트코인 같은 가상화폐가 생겼으니

가상화폐란 무엇이며

그건 또 채굴을 해야 된다니

개념조차 제대로 잡지 못하고 있는데

이번에는 메타버스가 쳐들어온다

현실 세계도 어려운데

가상 세계를 알아야 돈을 번다니

빛의 속도로 변해가는 세상에서 오늘도 허둥지둥 헤매다가

그나마 지닌 알량한 노후 자금마저 다 털리고 말리

거인의 황혼

거대 담론의 시대가 있었다
인생과 역사와 철학을 논하던 시대
정계에, 경제계에, 언론계에, 문화계에
거인들이 담론을 주도하던 때가 있었다
이제 거인들은 사라져가고
소소하고 소소한 담론들이 세상을 점령하더니
마침내 지배 담론으로 등장하고 있다
어디까지 작아져야 하는가
언제까지 쪼그라들어야 하는가
한없이 한없이
소소하고 소소한
지폐 같은, 휴지쪽 같은, 먼지 같은, 쓰레기 같은
 욕설과 비방과 궤변과 흠집 내기가 일상인 아이들을
뒤로한 채
 황혼이 지는 거인들의 텅 빈 등
 그립다
 슬프다

생애

한 사람의 생애는
한 권의 백과사전

기쁨과 슬픔
환희와 좌절
사랑과 증오
온갖 사연들이 새겨져 있는
명사와 동사, 형용사들의 궁전

때로 생애는
한 줄의 시

감탄사 하나로 종결되는
비명 같은 것
사리 같은 것

감상感傷

반짝이던 순간들
설레이던 순간들
자지러지던 순간들
분노하던 순간들
서서히 빛을 잃고

익숙한 냄새
소나무 냄새
고목나무 냄새
흙냄새

눕다

누운 채로 세상에 나서
긴 세월 무수한 시행착오와 노력 끝에
뒤채이고 앉은 뒤
마침내 선다
두 발로 온 세상을 다 돌아다니며
사랑하고 싸우고
고민하고 기뻐하고
성취하고 실패하다가
마침내 누워 돌아가나니
삶은 그 얼마나 오묘한 것이며
때로 단순하기 이를 데 없는 것인가

오로라

하늘도 사랑을 한다
그리우면 춤을 춘다
만나면 반가움에 자지러지고
꿈을 꾸며 가슴 아파하기도 한다
하늘도 때로 울고
때로 웃고
춤추는
기적이 일상인 세상

진심 1

붓다는 나무 아래 살았다
걸식을 해서 먹었다
버린 천으로 옷을 해서 입었다
몸이 아프면 소의 오줌을 끓인 물로 달랬다
왕자님으로 태어난 그가 그리하였다
오늘 우리가 그렇게 살 수 있다면
그때의 마음으로 돌아갈 수 있다면

진심 2

진심으로 사과나무는 사과를 맺고
진심으로 원숭이는 새끼를 거두고
진심으로 달은 지구를 돌고
진심으로 지구는 태양을 돈다
우주를 지키는 진심의 힘

진심 3

늘 잊고 있던
사소함에 가려져 있던
벼랑 끝에 서야만
비로소 보이는
정작 소중한
한 방울 눈물
빛

청년 김대건

"천주님이 계신다면 왜 너를 돕지 않으시냐?"
심문하는 관리가 물었다
끊임없이 그를 괴롭히는 질문이었다
혹독한 고문을 견디어 낸 대건 안드레아 신부
그의 대답은 이러하였다
"나는 천주를 위해 죽는 것입니다
영원한 생명이 내게 시작되려고 합니다
주교님, 어머니를 부탁드립니다"
그의 고뇌, 그의 유혹, 그의 효심은
1846년 전 이스라엘에서 예수님이 겪으신
고뇌와 유혹, 효심과 같은 것이었다
그리고 죽어 끝내 이루어낸
그의 승리
그의 영광도
예수님이 이미 보여주신 것과 같았다
연약한 우리는 숱한 가시밭길을 걸어가지만
강철같은 믿음은 긴 영광의 길로 인도한다는 것을 보
여준
스물여섯 살 청년
김대건 신부

은총

천진함으로 예수님을 모신 스페인 소년 마르셀리노에
게 베푼 은총은
죽은 어머니를 만나기 위한 영원한 잠이었다
열여덟 번이나 성모님을 뵌 루르드의 소녀 베르나데트
에게 베푼 은총은
가난하지만 사랑하는 가족과의 영원한 이별이었다
우리는 그 뜻을 알지 못한다
단지 엎드려 받아들일 뿐이다

측량

젤 수 있는 정의는 정의가 아니다
젤 수 있는 사랑은 사랑이 아니다
젤 수 있는 희생은 희생이 아니다
세상의 지극한 것들은
젤 수 없는 거리에 있다

갈 길이 바빠졌다

코로나가 돌자
부음이 잦아졌다
선배들이 떠나시더니
친구도 서둘러 길을 나선다
전에는 부름을 받고 찾아가 작별 인사를 한 적이 있는데
이제는 전화로 작별 인사를 하는 일도 생겼다
가는 일이 바빠졌다
갈 길이 짧아졌다

헌신

최상의 맛을 만들어 동물에게 먹혀 씨를 퍼뜨리는 나무
불에 타야 비로소 씨가 터지는 숲
젖을 빨리고 품어 새끼를 키우는 어미
먹지도 않고 알을 지키다 부화하면 죽어 새끼에게 먹
히는 수컷 가시고기
교미한 암컷에게 먹히어 새끼의 영양이 되는 거미, 사
마귀
생명을 이어오게 한 극단의 힘

포옹

남극 황제펭귄이 영하 수십 도의 폭풍설을 견디는 것
은 포옹의 힘이다
그들은 겹겹이 에워싼다
수백 수천의 무리가 하나의 덩어리로 끌어안고 뭉친다
천천히 끊임없이 회전하며 골고루 포옹의 중심에 들어
가도록 한다
그 중심은 열기로 더울 정도라고 한다
남극 황제펭귄의 포옹은
영하 수십 도를 영상 수십 도로 끌어올린다

우주의 시간

달이 밝은 밤이면 바다거북 암컷들은 해변으로 올라와 뒷발로 모래를 파서 구덩이에 알을 낳는다

어미가 해주는 일은 뒷발로 알에 모래를 덮어주는 것뿐이다

어미는 다시 바다로 가고

알에서 깨어난 바다거북 새끼는 모래를 비집고 나와 본능의 부름에 따라 바다로 간다

그 시간을 기다리던 갈매기며 바닷게들에게는 성찬의 시간

이렇게 태어난 바다거북 새끼 천 마리 가운데 고작 한 마리가 성체로 자라난다고 한다

우직해 보이는 이 방법으로 바다거북은 1억 년을 이어 가고 있다고 한다

가시

고슴도치가 사랑을 할 땐 가시를 모두 눕힌다
그러면 가시는 매끈한 피부가 된다
새끼를 품에 안아 젖을 먹이고
사랑이 충만하지만
문득 적의를 느끼는 순간
올올이 서는 가시
범접 못 할 독기
매끈한 피부가 날카로운 가시로 표변하는 것은
그야말로 순식간이다

고래의 꿈 1
— 전준엽 화백에게

고래는 때로 하늘을 난다
우주까지 날아오르기도 한다

고래는 바닷물 대신
꽃들을 뿜어내기도 한다

고래는 때로 꿈꾼다
풍요로운 먹이를 찾아 바다로 오기까지
까마득한 시간의 저편
굶주림 속에서
작은 몸으로 누리던
지상의 아름다움을 잊지 못한다

보라
저 무수한 별들의 행진

그래서 고래는 물 위로 뛰어오르며
짧은 울음으로
긴 향수를 달랜다

고래의 꿈 2

고래는 물속에서 잔다
낮잠도 잔다
그들은 서서 잔다
바다의 거대한 품이
그들을 부드럽게 안아 재운다
이 평안한 잠에서
고래의 꿈은
얼마나 풍성할까
평화로울까
때론 슬플까

지구

지구를 원망하지 마라
지구는 아무 잘못이 없다
긴 시간
우주의 질서를
묵묵히 따라가고 있을 뿐이다
단지 지구 위에 사는 인간이라는 생물들이
싸우고 죽이고
더럽히고 파괴하고 있을 뿐이다,
지금도 묵묵히 이 골치 아픈 생명체들을 온몸에 붙여
둔 채
스스로 돌고
어머니 태양을 향해 도는
우리들의 어머니
지구

태양

꼭 찬 사랑을 주체할 수가 없다
덜어내도 덜어내도
가득 차오르는
뜨거움
이렇게 많은 사랑을 품고 있어서
너를 보며 영겁을 돌아도
지루하지 않는
나날의 순간이 새로운 사랑

참음에 대하여

느닷없이 쳐들어오는 절박함

때로는 분노
때로는 열정
때로는 환희
때로는 비탄

이를 악물고 참아야 한다
참고 참아서
마침내 고목처럼
돌덩이처럼
바보처럼 되어야 한다

얼굴

착한 생각을 할 때
불이 켜진다

궂은 생각을 할 때
불이 꺼진다

이만 떠날까 생각하는데
하늘이 흐려지더니
소복소복 눈이 내린다

이렇게 아름다운 것이었구나

좀 더 머물 생각을 한다

넘어지다

아들과 함께 장을 본 어머니
장바구니를 든 아들을 따라 길을 건너다가
보도턱에 걸려 나둥그러졌다
"엄마"
아들의 비명이 울려 퍼지는 순간

외손자를 앞세우고 외출에 나선 외할머니
문득 허망하게 길바닥에 무너진 채 허우적대던
절망에 가득 찬 표정

50년 뒤 지금은
외손자의 다리가
가끔 아프다

나무

나무가 잘 늙으면
좋은 고목이 된다
마을을 지키기도 하고
그늘을 드리워주기도 한다
좋은 재목이 되기도 한다
대목의 손에 다듬어져
집이 되어 생명을 지키는 나무
아무리 잘못 늙어도
나무는 도끼질 아래 장작으로 패어져
방을 따뜻하게 하는
아궁이 불길 속에 지펴지기도 한다
버릴 게 없다
나무는
마치 잘 늙은 사람이
버릴 게 없듯

비밀 누설

아주 잠깐
저승에 다녀왔다
깜빡
의식을 잃었다
깨어나자
아내가 울부짖고
머리가 아팠다
깨어나지 못했다면
흔히들 말하는
죽음
깨어나면
귀하게 말하는
소생
죽고 난 뒤의 풍경을
잠깐 보았다
비밀이 누설되었다

귀가歸家

    아침에 집을 나서 저녁에 돌아가는 것은 결코 예사로운 일이 아니다
    그사이에 도사리고 있는 위험들
    그것을 용케 피하고 피해 집에 도착하는 것이다
    그것은 무수한 행운
    행운과 행운이 겹쳐
    오늘에 이른 것이다
    기적과 기적이 겹쳐
    하나의 귀가를 완성하는 것이다
    부부와 자식이 만나는 것이다

어촌 풍경

종일 밭일을 하던 아버지는
해거름이 지자
그물을 걷으러 바다로 간다

개펄에서 돌아오는 어머니의 등 뒤로
아득한 황혼

하굣길 아이들의 등에는
달그락거리는 책가방 소리

아이를 맞으러 달려 나가
함께 집으로 오는 강아지

끼루룩 끼루룩
요란한 물새

손자의 사유재산

일곱 살배기 손자에게 사유재산이 생겼다
엄마, 아빠, 할머니, 할아버지가 준 세뱃돈이나 용돈을
상자에 담아 안방 벽장에 넣어두고 가끔 꺼내 본다
왜 그러느냐고 물어봤더니
나중에 결혼하면 우리 집과 여자애 집 사이에 자기 집
을 사기 위해서란다
용돈을 알뜰히 모으는 일곱 살배기 손자
오늘도 벽장을 열고 상자를 꺼내
제가 살 집값을 셈해보고 있다

손자에게

너무 빨리 알려고 하지 말아라
너무 빨리 자라려고 하지 말아라
네가 빨리 알고
빨리 자랄수록
할애빈 그만큼 빨리 늙어간단다
천천히 알고
천천히 자라는 네가
할애빈 더 좋단다

맨몸

"물질만 할 줄 알면 절대로 배를 곯지는 않아"
제주 할망들은 손녀가 걸음마를 하면 잠수를 가르쳤다
그녀들은 여성이 살아갈 세상의 파도는 예측할 수 없
다는 것을 알았다
맨몸으로 삶의 바다를 헤쳐갈 무기 하나
대를 건너 이어온
목숨의 긴 휘파람 소리

거리두기

문득 전화를 걸어온 그의 목소리가 술에 취해 있다
눈물에 젖어 있다
사람이 그리워 전화를 한다는 그
전화하지 않는 나를 탓한다
나는 말 없다
달랠 길 없다

세대론

젊은 노인이 있고
늙은 청년이 있다
젊은이의 패기가 역사를 바꾸기도 하지만
늙은이의 지혜가 평화와 안식을 가져다준다
가장 큰 문제는
같이 살기 싫어한다는 것이다
상대를 파멸시키고자 한다는 것이다
자식이 아비의 과거였음을
아비가 자식의 미래임을
외면한 채
뿔뿔이 흩어져 가고 있다는 것이다

걱정

마흔여섯에 돌아가신 어머니는
일흔이 훨씬 넘은 아들을
알아보실까
머리가 하얀 노인이
자기 자식임을 알아보실까
50년을 하루도 잊은 적이 없었던 엄마
나는 금방 알겠는데
나를 몰라보시면 어떻게 하나
어떻게 하나

감자떡

감자떡을 먹다가
왈칵
눈물을 쏟았다
세상 떠난 장모를 전송하고 돌아온 저녁
홀로 씹는 감자떡이 슬펐다
먹어야 사는 생명
먹으며 울고 있었다

소풍

원로 언론인들과 가을 소풍을 떠났다
마음 놓고 늙어버린 선배들과의 만남도 반가웠지만
제일 고마운 것은 자주 서는 버스였다
한 시간마다 서주는 버스
눈물겨웠다

어린 연가

그녀에게 주려고 주웠지
조갑지 하나
꼭 쥔 손 펴지를 못해
끝내 못 주고 헤어졌지
조갑지 하나

해설

생명의 원리와 간결의 미학

이 숭 원(李崇源, 문학평론가)

1. 시조 구성의 미학

유자효의 시집『포옹』제1부에는 시조가 수록되어 있고 제2부는 자유시로 구성되어 있다. 두 양식의 작품이 한 권에 묶여 있어서 양식의 특징에 의해 독법을 달리할 필요가 있다. 시조의 일반적 특징을 돌이켜보고 그것을 바탕으로 유자효 시조가 지닌 개별적 특징과 미학적 위상을 살펴보겠다.

시조의 시상 전개는 일반적으로 기승전결의 과정을 거치는데, 중요한 구조적 특징은 종장에서 전환과 결말이 한꺼번에 이루어진다는 점이다. 이 점을 정확히 알아야 시조를 제대로 지을 수 있고 제대로 감상할 수 있다. 초장의 시상이 중장에 이어지고 종장에서 극적인 전환을 이루면서 의미의 종결을 보이는 것이 시조 구성의 요체다. 그래서 시조 종장에는 반드시 의미의 상승과 하강이 있다. 이것이 모든 시조에 거의 필수적으로 나타나는 정형定型의 기본 구조다. 김상용(1561~1637)의 시조를 예로 들어 설명해 보겠다.

사랑이 거짓말이 임 날 사랑 거짓말이
꿈에 와 뵌단 말이 긔 더욱 거짓말이
나같이 잠 아니 오면 어느 꿈에 뵈리오

초장에서 임이 나를 사랑한다는 말이 거짓말이고 중장에서 내 꿈에 찾아와 모습을 보인다는 말도 거짓임을 이야기했다. 이 정도의 진술은 시적이라고 하기 어렵다. 마지막 종장에서 시적인 반전과 종결이 이루어짐으로써 이 시는 애송시의 반열에 오른다. 화자는 잠시도 쉬지 않고 임을 생각하기 때문에 밤에도 잠을 이루지 못한다. 잠을 못 자니 꿈을 꿀 일도 없다. 그러니 꿈에서 임을 만나는 것은 불가능한 일이다. 화자는 임을 사랑하는 마음의 강렬함과 절대적 그리움을 불면의 상황으로 강조해 표현했다. 시조는 이처럼 종장에서 극적인 전환과 종결을 일으키면서 시적 감흥을 극대화한다. 시조의 격조와 흥취는 바로 여기서 온다. 이러한 형식미는 현대시조에서도 잘 지켜지고 있다. 평범한 일상어로 단형 서정 시조의 극치를 표현했다는 조운(1900~ ?)의 시조 한 편을 인용하고 이 점을 살펴보겠다.

투박한 나의 얼굴
두툴한 나의 입술

알알이 붉은 뜻을
내가 어이 이르리까

보소라 임아 보소라
빠개 젖힌 이 가슴

ㅡ「석류」 전문

　이 시조의 초장은 화자의 투박한 외모를 말했고 중장
은 화자의 변함없는 마음을 암시했다. 투박한 외모 안에
변함없는 단심을 지니고 있지만 그것을 쉽사리 드러내
지 않는다고 말했다. 종장은 앞의 두 어구에서 말하지
않은 새로운 사실을 표출한다. 새로운 사실을 말하기 위
해 화자의 마음을 석류의 속성과 동일화한다. 화자가 곧
석류가 되는 것이다. 석류는 완전히 익으면 과육이 터져
붉은 속살을 드러낸다. 화자도 자신의 마음이 충만해져
더 이상 감당할 수 없게 되면 석류처럼 스스로 가슴을
빠개 젖히고 속마음을 드러낸다. 초장에서 석류의 외형
을 이야기하고 중장에서 알알이 박힌 석류의 씨앗을 이
야기했기에, 종장의 극적인 전환이 가능하고 그 전환이
매우 자연스럽게 받아들여진다. 초장과 중장의 예비적
단계를 통해 종장의 극적인 전환이 이루어지는 것이다.

이것이 성공한 시조가 공통으로 보여주는 구조적 특징이다.

다음은 유자효 시집 첫머리에 놓인 시조 작품인데 이 작품을 통해 시조의 결속 구조를 분석해 보겠다.

꽃을 이고 종종걸음
달려가는 아낙네

노동의 머리에 핀
화사한 화관이여

어느새 환해진 골목
덩달아 핀 그 인생

― 「꽃장수」 전문

이 작품의 초장은 꽃장수 아낙네의 거동을 재미있게 묘사했다. 꽃을 하나라도 더 팔기 위해 종종걸음으로 달려가는 아낙네의 모습을 통해 성실하게 세상을 살아가는 사람의 특징을 환기한 것이다. 중장은 그 아낙네가 머리에 인 꽃 광주리의 모습을 제시하면서 그것을 "화사한 화관"이라고 표현했다. 건실한 노동의 단면이 화관의 아름다움으로 변주된 것이다. 전환은 종장에서 온다. 생활의 현장에서 성실하게 일하며 건강하게 살아가는 그 여인의 모습이 머리에 인 꽃의 아름다움과 더불어 골목을 환하게 밝히는 삶의 광채로 표현된 것이다. 그 광휘로 인해 여인의 삶도 아름다움으로 빛나고 그것을 바라보는 우리의 시선도 아름다움으로 피어난다. 평범한 골목길 풍경이 삶을 밝히는 광채로 변화하는 것은 종장의 극적 전환 때문이다. 초장의 시상이 중장에 이어지고 종장에서 극적인 전환이 이루어짐으로써 새로운 정황이 창조된다. 시조 구성의 미학이 훌륭히 실현되었음을 확인할 수 있다.

이맘때면 이렇게
목숨이 끊어져도

황홀한 종언이라
모두들 일컫는데

보아라
눈부신 저 빛
불타는 듯
황금길

— 「가을빛」 전문

이 작품의 내용은 제목 그대로 가을의 풍경이다. 가을이 되면 모든 것이 시들어 떨어져 목숨이 끊어지는 듯한 모습을 보인다. 초장에서 가을의 쇠락한 모습을 이야기했고 중장에서 그것을 받아 "황홀한 종언"이라고 언급했다. 사람들도 모두 그렇게 일컫는다고 대중들의 의식도 끌어왔다. 초장과 중장은 가을에 대한 일반적인 인식을 이야기한 것이어서 종장의 전환이 있어야 시조의 미학을 지닌 작품이 된다. "보아라/ 눈부신 저 빛"은 시상의 전환을 알리는 중요한 기표다. 그 전환은 "불타는 듯/ 황금길"로 시상의 상승을 완결한다. 가을은 생명의 쇠락이나 종결이 아니라 새롭게 타오르는 황금의 물결이요 생명을 예비하는 광휘의 시간이다. 이 시의 종장은 그러한 시상의 전환을 통해 가을을 보는 일반적 통념의 전복을 꾀했다. 시조의 미학이 쉽고도 유려한 우리말로 효과적으로 실현되고 있음을 다시 확인할 수 있다.

시조의 미학은 기본적으로 시상의 구조에서 오지만 유자효 시인은 소리의 변화를 통해 독특한 운율 미를 창조하는 음향의 미학을 동시적으로 추구했다. 앞에서 인용한 「꽃장수」를 다시 한번 옮겨오되, 운율적 효과가 나타난 음절을 글자 형태와 밑줄로 표시해 보겠다.

꽃을 이고 **종종걸음**
달려가는 안낙네

노동의 머리에 **핀**
화사한 **화**관이**여**

어느새 환해진 골**목**
덩달아 핀 그 인**생**

-「꽃장수」 전문

이 작품의 첫 행 첫음절은 '꽃'으로 시작하고 둘째 마디의 첫음절은 '종'으로 시작한다. 이 두 음절은 '꼬'와 '조'의 병치를 통해 동일한 '오' 음이 결합하고 'ㅊ'과 'ㅇ'으로 말음末音이 차별화되어 의미 강화를 조성하는 음성 효과를 빚어낸다. 이 '오' 음의 연속은 그다음 행 "달려가는 아낙네"에서 '아' 음의 연속으로 변주된다. 요컨대 '오' 음의 연속이 '아' 음의 연속으로 바뀌면서 미묘한 음감의 변화를 생성하는 것이다. 또 넷째 행의 첫음절은 '화'로 시작하고 둘째 마디의 첫음절도 '화'로 시작되어 동일한 음의 배치로 공감의 울림 효과를 빚어낸다.

이러한 유사 음의 호응은 시행의 끝음절에서도 비슷한 방식으로 조성된다. 첫 행의 끝음절 '음'은 셋째 행의 끝음절 '핀'으로 이어져 유성음의 연속으로 이어지고, 둘째 행의 끝음절 '네'는 넷째 행의 끝음절 '여'로 이어져 역시 유성음의 연속으로 이어지면서 미묘한 운율 효과를 자아낸다. 이렇게 유사한 유성음의 연속으로 이어지던 초장과 중장은 종장 "어느새 환해진 골목"에서 폐쇄 자음 'ㄱ'으로 끝난다. 이 폐쇄 자음은 일시적으로 막힌 듯한 느낌을 주지만 그것은 다시 "덩달아 핀 그 인생"의 유성음 'ㅇ'으로 이어져 막혔다가 다시 열리는 개방의 쾌감으로 시가 종결된다.

이러한 분석을 통해 그의 시조가 음운의 미학적 측면에서도 성공을 거두고 있음을 확인할 수 있다. 이것은 시를 지을 때 이렇게 계획을 세우고 시어를 배치했다는 뜻이 아니다. 시어의 의미와 음감을 함께 고려하여 작품을 구상하는 과정에서 자연스럽게 그러한 시어가 선택되었다는 뜻이다. 이것이 우연의 결과가 아니라 시인의 고심에 의한 창조라는 점은 다음 작품 분석에서 더 분명히 드러난다.

> **바**람의 길을 따**라**
> **달**려온 시간들**이**
>
> **올**올이 일어서**서**
> **나**부끼는 시간들**이**
>
> **마**침내 멈추어서**는**
> **정**적 속의 아우**성**
>
> — 「억새」 전문

강조하고 밑줄 그은 음절에 운율적 요소가 배치되어 있다. 앞의 작품 설명과 유사한 방식으로 이해하면 된다. '바' '라' '달' '나' '마' 등의 음절들은 동일한 '아' 음의 연속으로 유사한 음의 연속 미감을 자아내며 '달'과 '올'도 유사한 음의 연속을 통해 운율 미감을 환기한다. 중요한 것은 첫 행의 끝음절 '라'와 셋째 행의 끝음절 '서'의 음상 차이와 둘째 행 끝음절 '이'와 넷째 행 끝음절 '이'의 동일성이다. '라'와 '서'의 음상 차이는 '바람의 길을 따라 달려온 시간'과 '올올이 일어서서 나부끼는 시간'의 차별성을 기호적으로 드러낸다. '시간들이'의 동일성은 달려온 시간이건 일어서서 나부끼는 시간이건 동작 과정의 차이는 있으나 결국 억새의 흔들림 앞에 멈추어서는 정적의 동일성을 보인다는 점을 음성적으로 표상한다. 다섯째 행의 끝음절 '는'은 두 유형의 시간이 멈추었을 때 이루는 최종적 형상을 알리는 기표 역할을 한다. "멈추어서는"의 결과가 "정적 속의 아우성"인 것이다.

이 마지막 시행의 첫음절 '정'과 끝음절 '성'의 유사한 동일성에 우리는 주목해야 한다. 그것은 다양한 형태의 시간을 포섭하여 억새가 이루는 최종적 동일화의 형상을 음성으로 표현한다. 형상의 통일을 '정'과 '성'의 유사한 음이 실현한다. 만일 이 구절이 "고요 속의 아우성"이라고 되어 있었으면 느낌이 훨씬 달라졌을 것이다. 음감이 변하기 때문에 연상되는 의미도 변하게 된다. "정적 속의 아우성"이라고 할 때 비로소 갈대의 표면적 정적 속에 온갖 아우성의 시간들이 병합적으로 응축되는 장면을 감지할 수 있다. 이처럼 시의 의미와 음성 구조가 효과적으로 결합하여 언어 예술로 승화되는 것을 체감할 수 있다.

2. 삶의 예지와 인생의 진미

이 시집의 시편들은 어느 것 하나 이해하기 어려운 작품이 없다. 제목도 거의 전편이 짧은 한 단어로 되어 있어서 삼척동자라도 그 뜻을 쉽게 파악할 수 있다. 대중적 융화의 가능성을 가장 충실히 실현한 작품들이다. 요즘 시가 길고 어려워지는 현상은 복잡한 현실을 반영하는 시대의 조류다. 그러나 시의 출발은 원래 한순간의 감탄에 있었다. 자신의 감정을 솔직하게 표현하는 한마디 어구에서 시가 나왔다. 생활과 문화가 복잡해지면서 시 양식도 다변화되었다. 그렇게 된 요인은 아주 복잡해서 시대의 조류를 개인이 바꾸기는 어렵다. 그렇지만 간결한 언어의 배치를 통해 시의 원형을 보여줌으로써 장형화 물살의 속도를 잠시 늦추게 하는 삼각주delta 역할을 기대할 수는 있다. 이 시편들은 고속으로 급변하는 현대의 문명 회로 속에 잠시 쉴 수 있는 작은 섬 같은 역할을 한다. 이 간결의 미학이 일상에 기적을 연출하는 오로라의 역할을 할 수 있을 것이다.

쉬운 언어와 쉬운 화법으로 시인이 가장 많이 이야기한 내용은 인생의 담론과 해석이다. 마치 노년의 지혜를 젊은이에게 전해 주듯이 산다는 것은 무엇이며, 어떻게 사는 것이 현명한 삶이고, 인간이란 어떤 존재인지 다양한 시각에서 성찰하고 그것을 시로 형상화했다. 머리에 잘 들어오는 쉬운 우리말로 때로는 유머러스하게 인생

의 이모저모를 담아 놓았기 때문에 독자들은 아무런 거
부감 없이 시인의 발화에 젖어 들게 된다.

>   잠깐
>   보지 못했는데
>   저승에 가 있습니다
>
>   지척이라 여겼는데
>   아득한 시간입니다
>
>   걸어온 날들이 모두
>   꽃길처럼 뵙니다
>
>   ─「회상」 전문
>
>   많이 울고 많이 웃고
>   사랑하고 미워하고
>
>   잘살았건 못살았건
>   그 차이도 별로 없다
>
>   어쨌든 내려놓는 일
>   하나만이 남은 때
>
>   ─「섣달」 전문

눈 한번 뜨면 이승이요 눈 한번 감으면 저승이라는 말

이 있다. 이승과 저승의 거리가 먼 것 같지만 잠깐 사이에 이승과 저승이 뒤바뀔 수 있다는 뜻이다. 저승에 갔다가 살아온 사람이 없으니 이승과 저승의 거리가 얼마나 되는지 아는 사람은 아무도 없다. 사람이 세상을 떠나는 것은 순식간의 일이니 잠깐 보지 못한 사이에 저승에 가 있다는 말이 근거 없는 말이 아니다. 그러면 한 사람의 일생이 순식간에 지나간 것인가? 지나간 시점에서 보면 심리적으로 지척이라 여겨도 한 사람의 일생은 사실 아득한 시간이다. 그런데 저승에 와서 자신의 지난날을 돌이켜보니 회한도 아픔도 보이지 않고 모든 과정이 꽃길로 보인다고 했다. 살았을 때는 매 순간이 고통의 연속인 것 같았는데, 막상 저승에 와서 보니 모두가 꽃길로 보인다면 이보다 좋은 일은 없을 것이다. 그런데 통탄스러운 것은 이러한 인식이 이승에서는 열리지 않고 저승에서야 열린다는 점이다. 걸어온 날들이 꽃길인 것을 저승에 가서야 알 수 있다니. 그래서 삶의 길은 회한으로 이어지는 것인지 모른다.

그러면 저승으로 넘어가기 전의 단계는 어떠한가? 삶의 과정을 돌아보면 희로애락의 연속이다. 기뻐하고 노여워하고 울고 웃으며 세상을 살아왔다. 사랑과 미움도 기쁨과 노여움의 감정에 포함된다. 누구는 잘살았다 하고 누구는 못살았다 하지만 죽음에 이르면 그 차이가 없어진다. 아무리 찬란하게 인생을 살았다 해도 죽어서 땅에 묻히면 모든 것이 끝이다. 왕후장상王侯將相으로 살건

미관말직微官末職으로 살건 죽음 다음의 자취는 차이가 없다. 그래서 사람은 생의 어떤 고비에 이르면 잠시 걸음을 멈추고 자기 죽음을 생각할 필요가 있다. 죽음의 그 순간을 떠올리면 자신의 지금 위치가 어디인지, 자신이 하는 일이 무엇인지 더 선명하게 파악된다. 죽음에 대한 명상은 삶에 도움을 준다. 어떻게 살 것인가 하는 문제에 답을 줄 수 있다. 덧없는 욕망이 사라지고 갈등의 실마리가 풀린다. 그러니 죽음을 생각함은 허무주의에 빠지는 것이 아니다. 삶의 겸허함을 깨닫게 하는 계기가 된다. 희로애락의 인간사에 죽음의 그림자가 도사리고 있음을 알아야 지혜로운 사람이 된다. "어쨌든 내려놓는 일/ 하나만이 남은 때"임을 알아야 생의 종말을 잘 맺을 수 있다. 위의 시 두 편은 이러한 진실을 간결한 형식으로 전해 준다.

누운 채로 세상에 나서
긴 세월 무수한 시행착오와 노력 끝에
뒤채이고 앉은 뒤
마침내 선다
두 발로 온 세상을 다 돌아다니며
사랑하고 싸우고
고민하고 기뻐하고
성취하고 실패하다가
마침내 누워 돌아가나니

삶은 그 얼마나 오묘한 것이며
때로 단순하기 이를 데 없는 것인가

－「눕다」 전문

이 시는 인간의 일생을 요약한 삶의 축도다. 스핑크스가 나타나 인생이 무엇이냐고 물으면 이 시를 답으로 제시하면 될 것 같다. 어머니의 몸에서 누운 채로 태어나 움직이지도 못하고 울며 보채기만 하다가 가까스로 앉고 기고 마침내 서게 된다. 처음에는 한두 발 떼는 것도 어려웠지만 어느새 "두 발로 온 세상을 다 돌아다니며" 세상이 모두 제 것인 양 나댄다. 좌충우돌하며 열심히 살다가 세상 떠날 때는 다시 누워서 돌아간다. 불구의 어린애로 태어나 불구의 어린애로 떠나는 것이 사람의 일생이다. 그러니 사람의 떠날 때를 알려면 그 태어날 때를 알아야 한다. 세상에서 무슨 일을 했건, 사람은 다 어린애로 돌아가 생을 마친다. 어린애로 태어나 어른으로 활동하다가 다시 어린애로 돌아가 세상을 떠나니 인생이란 참으로 묘한 것이다. 이 회로의 의미를 제대로 알면 삶을 제대로 살았다 할 것이다. 그런 점에서 보면 인생이란 참으로 단순한 것이기도 하다. 이제 어린애 가까운 자리에 이른 시인은 다음과 같이 천진한 걱정을 한다.

마흔여섯에 돌아가신 어머니는
일흔이 훨씬 넘은 아들을

알아보실까
머리가 하얀 노인이
자기 자식임을 알아보실까
50년을 하루도 잊은 적이 없었던 엄마
나는 금방 알겠는데
나를 몰라보시면 어떻게 하나
어떻게 하나

– 「걱정」 전문

사지가 멀쩡해서 천지를 돌아다닐 때는 위와 같은 걱정은 하지 않는다. 그때는 머리도 검고 모습도 크게 달라지지 않아서 저승의 어머니가 보아도 금방 알아보실 것이다. 나이가 칠십 팔십이 되어 노색이 완연하면 자식 젊을 때 모습에 익숙한 어머니는 못 알아보실지 모른다. 더군다나 마흔여섯에 돌아가셨으면 아들은 이십 대의 나이니 칠십 넘은 아들을 어떻게 알아보실 수 있을까? 아들은 어머니가 세상을 떠난 50년 동안 하루도 잊은 적이 없으니 어머니의 얼굴을 금방 알아볼 것이다. 나는 알아보는데 어머니가 나를 몰라보시면 어떻게 하나 걱정하는 내용이다. 물론 과학적 이치로 따지면 이 시에 확인될 수 있는 사항은 거의 없다. 모든 것이 시적 상상이고 비유적 구성이다. 그러나 이러한 상상마저 없다면 생이 얼마나 삭막하겠는가. 시적 상상은 생을 윤택하게 하고 삶의 기운을 생동하게 한다. 어머니를 모시고 사는 사람들은 어머니에 대한 사랑이 더 솟아오르게 될 내용이다. 인간의 정을 새롭게 일깨우는 시다. 다음 시는 어떠한가.

> 원로 언론인들과 가을 소풍을 떠났다
> 마음 놓고 늙어버린 선배들과의 만남도 반가웠지만
> 제일 고마운 것은 자주 서는 버스였다
> 한 시간마다 서주는 버스
> 눈물겨웠다
>
> ―「소풍」 전문

이 시는 나이가 든 사람이라야 이해할 수 있을지 모른다. 어느 유명 가수가 광고에 나와서 열심히 선전하는 건강식품이 있다. 그 정제를 먹으면 소변이 잘 나와서 잠잘 때나 생활할 때 걱정이 없어진다는 것이다. 그 유명 가수의 말대로 노인들은 나이 들수록 생리적으로 소변을 자주 보게 되어 있다. 이 시의 화자가 원로 언론인 선배들과 소풍을 떠났다고 했다. 모처럼 동업 중생同業衆生끼리 만나 마음이 편했을 것이다. 오랜만에 흉금을 털어놓고 담소하는 시간을 가져 아주 즐거웠을 것이다. 그런데 그 즐거움보다 더 고맙고 반가운 것이 버스가 자주 선 일이라고 했다. 한 시간마다 섰으니 소변보는 데 전혀 지장이 없었을 것이다. 노인들이 탄 버스라 기사가 알아서 그리했을 것이다. 시인은 그러한 버스 기사의 배려가 눈물겹도록 고마웠다고 썼다. 이 짧은 시에도 생의 축도가 담겨 있고 인생 서사가 담겨 있고 타인의 삶을 배려하는 이해의 선물이 담겨 있다. 유자효의 시는 삶의 희로애락에 바탕을 둔 진솔한 인생 담론으로 우리를 감전시킨다. 그 전류의 전압은 낮은 듯하면서도 높다.

3. 생명 의식의 새로운 발견

인생 담론 속에는 지혜와 예지가 있다. 「생애」라는 시에 "한 사람의 생애는/ 한 권의 백과사전"이라는 구절이 나온다. 노인의 삶의 자취는 박물관이요 도서관이다. 노인의 담론은 지혜의 아지트다. 노인의 예지는 행복의 아파트다. 노인의 말대로 살면 실수하지 않고 행복을 누릴 수 있다. 노인의 눈에는 생명을 감지하는 특수 안테나가 있다. 그 안테나의 주파수는 젊은이의 밝은 눈에는 잡히지 않고 노인의 노안에만 포착된다.

눈을 뜨니
오늘이란
처음 맞는
낯선 시간

일흔이 넘은 나는

아기처럼 서툰 걸음

얼마나 반가웠던지
잠 못 자도
귀한 시간

ㅡ「이른 봄」 전문

이 가을 푸른 하늘
수놓은 붉은 점들

반짝
눈물 끝에
흘린 피 몇 방울

아직은
끝이 아니다
보여주는
신호등

ㅡ「감」 전문

　정해진 회로에 갇혀 세상을 바쁘게 살아가는 젊은 사
람들은 아침을 맞아도 새로운 하루가 시작된다는 생각
을 별로 하지 못한다. 그러나 나이 든 사람들은 하루하
루가 신비롭다. 오늘도 아무 탈 없이 하루를 맞는 것이
기쁘고 고맙다. 하루는 새로운 생의 시작이다. 아침에

눈을 뜨면 '오늘'은 "처음 맞는/ 낯선 시간"이 된다. 오늘 하루 또 무엇을 하며 지낼까 생각하기 때문이다. 일흔이 넘은 시인의 발걸음은 자연스럽지 않다. 때로 균형이 안 맞아 흔들리고 발길이 엇갈리기도 한다. 앞에서도 말했듯이 나이가 들면 어린애가 되고 세상에 처음 태어날 때의 모습으로 돌아간다고 했는데, "아기처럼 서툰 걸음"을 걷는 것이 칠십 노인의 생태다. 걸음걸이는 아기처럼 서툴지만, 하루의 삶이 귀하기 때문에 정성을 다해 걸음을 옮긴다. 노인은 밤에 잠들기도 힘들고 아침잠이 없어서 새벽에 일찍 깬다. 그래서 노인에게는 잠자는 것이 귀하다. 그런데 그 귀한 잠 들 시간이 사라져도 아침을 맞는 것이 잠자는 것보다 더 귀하다고 했다. 왜냐하면 앞으로 아침을 볼 날이 얼마 남지 않았기 때문이다. 그래서 하루하루가 귀하고 특히 아침에 새로운 하루를 맞는 것이 더욱 소중하다.

「감」은 노인의 지혜가 깃든 생명 의식의 새로운 발견이다. 가을에 감나무에 감이 달린 것을 보는 일은 경이로운 행복이다. 마른 나뭇가지에 아무것도 없다면 얼마나 허전하겠는가. 파란 하늘에 붉은 감이 촘촘히 늘어선 모습을 보면 색상의 대비가 참으로 아름답다. 유자효 시인도 "이 가을 푸른 하늘/ 수놓은 붉은 점들"의 아름다움을 표현했다. 그리고 그것을 "반짝/ 눈물 끝에/ 흘린 피 몇 방울"로 전환 표현하여 상징의 감도를 높였다. 파란 하늘을 수놓은 감의 붉은빛이 그저 생긴 결과가 아니라 눈물과 피의 소산이라는 점을 밝힌 것이다.

윈스턴 처칠이 독일과의 전쟁으로 위기에 처한 국민에게 자기가 바칠 것은 "피와 눈물과 땀"이라고 했다. 이 중 눈물과 피는 감정의 기류가 포함된 물질이다. 감이 익어가는 데 슬픔과 아픔의 눈물이 필요했고 누군가의 희생의 피가 필요했다. 눈물과 피가 포함되어 있기에 감은 그렇게 붉은빛을 띠고 파란 하늘에 자기 모습을 당당히 드러낼 수 있었다. 눈물과 피의 결정체인 감은 파란 하늘에 남아 만물이 종식되어 가는 조락의 계절이 아직 끝이 아님을 보여주는 생명의 신호등 역할을 한다. 꽃과 잎이 떨어진다고 끝이 아니며 모든 형상이 사라진 다음에도 푸른 하늘에 붉은 생명의 열매가 남아 있다는 사실을 보여주니 감은 생명의 불빛이요 존재의 갈 길을 알려주는 신호등이라 할 만하다. 그러니 가을은 생의 종식이 아니라 새로운 생의 출발이다. 이러한 생의 진실을 발견하게 된 것은 노년의 지혜 덕분이다. 오늘 하루를 새롭게 맞이하는 시간으로 보았기에 가을의 감을 생명의 신호등으로 인지하게 된 것이다. 이러한 노년의 지혜는 그냥 머물러 있지 않고 생명 인식의 새로운 차원으로 진화한다.

　　남극 황제펭귄이 영하 수십 도의 폭풍설을 견디는 것은 포옹의 힘이다
　　그들은 겹겹이 에워싼다

수백 수천의 무리가 하나의 덩어리로 끌어안고 뭉친다
천천히 끊임없이 회전하며 골고루 포옹의 중심에 들어가
도록 한다
그 중심은 열기로 더울 정도라고 한다
남극 황제펭귄의 포옹은
영하 수십 도를 영상 수십 도로 끌어올린다
- 「포옹」 전문

남극은 지구에서 가장 추운 지역이다. 자료에 의하면
남극점의 평균 기온은 영하 60도 정도고 해안 지역 조금
따뜻한 곳의 기온이 가장 높을 때가 영하 5도 정도라고
한다. 해안가를 중심으로 남극의 대표적인 동물인 펭귄
이 서식하는데 그중 가장 큰 종류가 황제펭귄이다. 황제
펭귄이 사는 곳은 추울 때 영하 50도까지 내려간다. 펭
귄들은 두꺼운 표피와 체내의 지방층으로 남극의 혹한
을 이겨낸다. 암컷이 알을 낳으면 수컷이 무리를 이뤄
알을 품는다. 펭귄들이 원 모양으로 둘러서서 무리를 지
어 바람을 피하는데, 원 안에서 서로 몸을 밀착한 채 조
금씩 이동해서 중심과 외곽의 위치를 바꿈으로써 체온
을 유지한다. 허들링huddling이라고 하는 이 방식을 시인
은 "포옹의 힘"이라고 표현했다. 서로가 방패막이 되어
겹겹이 에워싸고 수많은 펭귄 무리가 하나의 덩어리로
끌어안고 뭉치는 장면은 장관이다. 수백 수천의 펭귄 무
리는 조금도 다투지 않고 일사불란하게 끊임없이 회전

하면서 거대한 포옹의 원형을 유지한다. 자연의 본능이 이루는 생태의 기적이다. 펭귄 무리의 중심 부분은 수천 마리 펭귄의 체온으로 가열되어 더울 정도라고 한다. 유자효 시인은 펭귄이 갖는 포옹의 힘이 "영하 수십 도를 영상 수십 도로 끌어올린다"라고 했다. 보통의 자연계에서는 볼 수 없는 특수한 현상이 남극 생태계에서 일어나는 것이다. 시인은 이러한 현상에서 생명의 특별한 능력을 발견하고 그것을 생명의 보편적 속성으로 인식한다. 우리가 미처 파악하지 못할 뿐이지 생명은 이렇게 특별한 능력을 보유하고 있다.

시인은 그러한 생명의 신비와 지속성을 다양하게 표현했다. 「헌신」에서 최상의 열매 맛을 만들어 동물의 먹이가 됨으로써 씨를 퍼뜨리는 식물이라든가 자기 몸에서 나오는 젖으로 새끼를 키우는 어미, 먹지도 않고 알을 지키다 부화해서 새끼가 나오면 자기 몸을 먹이로 바치는 가시고기, 교미가 끝나면 암컷의 먹이가 되어 알을 낳을 수 있는 영양분을 공급하는 거미나 사마귀 등, "생명을 이어오게 한 극단의 힘"에 대해 명상한다.

「우주의 시간」에서는 바다거북의 생태를 소개한다. 바다거북 암컷들은 해변으로 올라와 구덩이에 알을 낳고 알을 모래로 덮고 바다로 돌아간다. 나중에 알에서 깨어난 새끼들은 모래를 비집고 나와 본능적으로 바다를 향해 기어간다. 이때를 기다리던 천적들이 달려들어 그 연약한 새끼들을 먹어 치운다. "이렇게 태어난 바다거북 새끼 천 마리 가운데 고작 한 마리가 성체로 자라난다고 한다"라고 시인은 썼다. 저렇게 살아서 어떻게 바다거북의 생존이 유지가 될까 염려하지만, 바다거북은 태초 이래 지금까지 굳건히 바다에서 살고 있다. "우직해 보이는 이 방법으로 바다거북은 1억 년을 이어가고 있다"라고 했다. 바다거북이 멸종 위기에 빠진 것은 인간의 남획 때문이지 갈매기나 바닷게의 식욕 때문이 아니다.

자연 만물은 오랜 시간 동안 살아온 생명의 법칙으로 그들 나름대로 지혜롭게 존재를 이어가고 있다. 인간이 개입하지 않으면 그들의 생존에는 아무 걱정이 없다. 고래들은 그 커다란 몸으로 바다를 헤엄치고 잠도 자고 먹이를 먹고 새끼를 낳아 키운다. 바다에 그들을 내버려 두면 사는 데 아무 지장이 없다. 가시가 온몸에 돋친 고슴도치가 어떻게 사랑을 나누어 새끼를 갖나 걱정할 필요가 없다. 암수가 짝을 지을 때는 날카로운 가시가 부드러운 털로 변해 상대를 포근히 감싼다. 새끼를 품에 안고 젖을 먹일 때도 가시는 매끈한 피부가 되어 사랑으로 새끼를 안을 수 있다. 인간이 미처 인식하지 못하는 오묘한 방법으로 자연의 생명체들은 그들의 삶을 잘 영위해 간다.

사람도 동물이니 예외가 아니다. 「맨몸」은 제주 해녀들의 슬기로운 섬 생활에 대해 알려준다. 제주 할머니들은 손녀가 걸음마를 하면 잠수를 가르친다. 그래서 제주 여성들은 거의 다 물질을 할 수 있다. 그들의 인생관이 무엇인가. "물질만 할 줄 알면 절대로 배를 곯지는 않아"가 그들의 인생관이다. 여성이 삶의 파고를 헤쳐가기는 힘들다. 그러나 물질을 하면 먹고살 수는 있는 것이다. "맨몸으로 삶의 바다를 헤쳐갈 무기 하나"가 바로 물질이다. "대를 건너 이어온/ 목숨의 긴 휘파람 소리"가 바로 숨비소리임을 제주 여성들은 삶의 지혜로 터득했다. 유자효 시인은 이처럼 자연과 인간 양향에 걸쳐 생명의 이치와 세상에 대처하는 삶의 지혜를 시로 엮어냈다. 이러한 생명의 이법에 대한 통찰은 천지자연의 도道를 깨닫는 단계로 나아간다.

4. 도道의 체득과 실현

중국 선종禪宗의 3대 조사 승찬僧璨이 남긴 『신심명信心銘』 첫머리는 이렇게 시작한다. "깨달음에 이르는 것은 어렵지 않으니, 오직 가리고 선택함을 멀리하면 된다. 단지 미워하고 좋아하는 마음만 버리면, 모든 것이 트여 명백해질 것이다.(至道無難 唯嫌揀擇 但莫憎愛 洞然明白)" 깨닫는 것이 쉽다고 말해 놓고 사실은 가장 어려운 일을 언급했다. 인간의 삶이 애증의 연속이요 가리고 선택하는 일의 연쇄인데, 좋아하고 미워하는 마음 버리는 일을 어떻게 실천할 수 있겠는가. 승찬 대사의 글귀는 참으로 실천하기 어려운 일을 어렵지 않다고 얘기한 것이다.

애증과 간택을 멀리하기 전에 먼저 할 일은 천진함의 회복이다. 분별없는 천진한 마음이 들어서야 다음 단계의 일을 할 수 있다. 그런 점에서 「손자의 사유재산」을 깊이 음미해 볼 만하다. 일곱 살 먹은 손자가 계획을 세웠다. 나중에 결혼하면 할아버지 집과 여자애 집 사이에 자기 집을 장만하기 위해 저금을 시작한 것이다. 결혼이란 개념도 모르고 그저 결혼하면 자기 집에서 살아야 한다는 것 정도는 알아서 할아버지 집 옆에 자기 집을 얻기 위해 열심히 용돈을 모으는 손자의 마음은 애증이나 간택과 멀리 떨어져 있다. 할아버지와 자신과 여자애를 차별하지 않고 동등하게 받아들일 때 위와 같은 마음을 보일 수 있다. 어른이 어린애의 천진한 마음을 어느 정도 회복하면 도道에 접근할 수 있다. 상대와 자신을 구분하지 않고 평등하게 받아들이면 그 마음 가까이 간 것이다. 평등을 넘어 상대방을 모두 부처로 받아들이면 도에 이른 것이다.

스님의 눈 속에
들어앉은 내 얼굴

합장하며 반기시네
"거사님은 부처님"

그렇게 찾아다니던
부처님이

바로

나

- 「눈부처」 전문

눈부처는 어떤 사람의 눈동자에 비친 다른 사람의 모습을 뜻하는 말이다. 어원의 뜻 자체가 천진한 심성에서 싹튼 말이다. 사람의 눈동자에 다른 사람의 모습이 비친다면 그 형상이 절에 모신 부처 모습 비슷하지 않겠는가. 그래서 과거의 누군가가 눈동자에 비친 사람의 모습을 눈부처라고 했을 것이다.

스님과 마주 앉아 있으면 스님의 눈동자에 내 모습이 비칠 것이다. 물론 나는 눈동자에 비친 모습을 볼 수가 없고 스님은 더욱 그 모습을 보지 못한다. 그런데 스님은 내게 "거사님은 부처님"이라고 말한다. 내가 스님의 눈동자에 부처로 비친 것일까. 그것이 아니라 상대방을 모두 부처로 섬기는 대승의 견지에서 거사님을 부처로 칭한 것이다. 세상 사람들이 상대방을 모두 부처로 대하면 이 세상은 곧바로 부처님 세상이 된다. 부처가 어디 따로 있는가. 내가 부처고 네가 부처다. 나와 너를 구별 없이 부처로 받아들이면 바로 깨달음에 이를 수 있다. 승찬 대사가 말한 대로 애증에서 떠나 간택의 굴레에서 벗어났으니 도에 이른 것이다. 나와 네가 부처고 우리가 모두 부처이니 부처를 찾아다닐 필요도 없다. 스님 말씀대로 하면 우리가 곧 부처 세상에 사는 것이다.

상대를 부처로 인정하지 않으면 자신도 부처로 인정받을 수 없다. 그렇게 되면 세상은 아수라와 아귀의 세상이 된다. 「요즈음 1」과 「요즈음 2」는 그런 난잡한 세상의 모습을 비판했다. 상대와 자신을 부처로 공대하지 않으면 불상에 기도해도 영험이 없고 하느님께 기도해도 응답이 없다. 사람들은 서로 헐뜯고 싸우며 파도가 부서지듯 파멸해 가는 것이다. 이런 세상에 코로나가 밀려들자 삶의 형세가 더 험악해졌다. 자영업 상인들은 망해서 거리로 나앉게 되고 패망의 공포에 시달리게 되었다. 병고와 죽음의 공포까지 밀려들어 "숨쉬기가 무서운 세상"이 되었다.

「도시는 잠들지 않고」는 겉으로 평화로워 보이는 도시에 보이지 않는 병균이 득실거리는 우리들의 현실을 제시했다. "병균보다 무서운/ 고독과 절망, 학대와 비탄이 넘실거리고/ 이 밤에 홀로 목숨을 끊는 이들도 분명" 존재하는 참혹한 현실의 단면을 토로했다. 상황이 이러한데도 위선적 정치인들은 거짓 평화를 주장하고 참상을 외면하는 기만적인 언행을 벌인다. 그들이 말하는 도시의 평화는 위장된 평화다. "도시는 진정 고요한가/ 고이 잠들었는가"라는 마지막 구절은 도시가 이렇게 잠든 모습만 보여주어서는 안 된다는 저항의 울림을 내장하고 있다. 도시에 병마가 창궐하는데 정치적 이익을 먼저 계산하고, 도시의 심장을 노리는 핵무기를 개발하는데 평화를 선전하는 비정상적 상태 앞에서, 도시는 편안히 잠

들어 있다고 말하는 것은 모순 중의 모순이다. 임시방편의 속임수로 진실을 가리는 것은 오래가지 못한다. 이러한 불모의 상황 속에서 진정한 도를 추구하는 것이 가능한가? "거인의 황혼"의 시대를 맞이하여 한없이 소소한, 먼지 같고 쓰레기 같은 이 "욕설과 비방과 궤변과 흠집 내기"의 세상에서 도의 실현이 가능한가.

그러나 불가능한 상황에서 진실의 가능성을 탐색하는 것이 시인이 하는 일이다. 시인은 진심의 힘을 믿는다.

> 진심으로 사과나무는 사과를 맺고
> 진심으로 원숭이는 새끼를 거두고
> 진심으로 달은 지구를 돌고
> 진심으로 지구는 태양을 돈다
> 우주를 지키는 진심의 힘
>
> ─「진심 2」 전문

> 지구를 원망하지 마라
> 지구는 아무 잘못이 없다
> 긴 시간
> 우주의 질서를
> 묵묵히 따라가고 있을 뿐이다
> 단지 지구 위에 사는 인간이라는 생물들이
> 싸우고 죽이고
> 더럽히고 파괴하고 있을 뿐이다,
> 지금도 묵묵히 이 골치 아픈 생명체들을 온몸에 붙여둔 채

스스로 돌고
어머니 태양을 향해 도는
우리들의 어머니
지구

　　　　　　　　　　　　　－「지구」 전문

　아무리 세상이 개판이 되어도 사과나무에 사과가 열리
지 않은 적이 없고, 동물이 제 새끼를 버리는 일은 없다.
어떤 상황이 와도 달은 지구를 돌고 지구는 태양을 돈
다. "우주를 지키는 진심의 힘"은 굳건히 유지되는 것이
다. 그 힘이 유지된다면 우리는 상대방 눈동자에 떠오른
눈부처를 보게 될 것이다. 우리 모두 부처임을 알게 될
것이다.
　그와 아울러 우리는 자연의 소중함을 새롭게 깨달아야
한다. 태양이 있고 지구가 있고 공기가 있고 산천초목이
있기에 우리가 사는 것이다. 우리는 자연의 혜택 속에
살면서도 일상의 관습에 젖어 아무런 고마움도 못 느끼
고 살아간다. 고마워하기는커녕 너무 덥다고 불평하고
너무 춥다고 푸념을 늘어놓는다. 이 모든 것이 인간이
벌인 업보의 결과인데 지구를 원망하고 태양을 탓한다.
참으로 위험하고 불경스러운 일이다. 지구는 태초부터
지금까지 우주의 질서를 따라 자신이 할 일을 묵묵히 해
왔을 뿐이다. 지구 위에 사는 인간들이 탐욕과 질투에
눈멀어 싸우고 죽이고 지구의 청정함을 더럽히고 자연

의 질서를 파괴한 것이다. 그래도 지구는 아무 말 없이 변함없이 묵묵히 "이 골치 아픈 생명체들을 온몸에 붙여 둔 채/ 스스로 돌고/ 어머니 태양을 향해 도는" 일을 계속하고 있다. 지구는 참으로 고마운 존재다. 그런 점에서 지구는 어떤 일이 있어도 자식을 배반하지 않고 자식을 위해 희생을 거듭하는 어머니와 같은 존재다. 우리는 지구와 태양과 자연계에 대해 새롭게 인식할 필요가 있다. 자연의 거대한 순리와 섭리를 우리 온몸과 마음으로 새롭게 인지해야 마땅하다. 자연의 섭리를 알면 다음과 같은 천진한 생각이 싹터 오른다.

착한 생각을 할 때
불이 켜진다

궂은 생각을 할 때
불이 꺼진다

이만 떠날까 생각하는데
하늘이 흐려지더니
소복소복 눈이 내린다

이렇게 아름다운 것이었구나

좀 더 머물 생각을 한다

―「얼굴」전문

이 시는 제목이 '얼굴'이라고 되어 있다. 어째서 제목이 얼굴일까? 그것은 처음의 두 연 때문이다. 착한 생각을 할 때 불이 켜지고 궂은 생각을 할 때 불이 꺼지는 것은 우리 표정의 변화를 나타낸다. 착한 생각을 하면 얼굴이 환해지고 나쁜 생각을 하면 얼굴이 어두워진다. 그것을 불의 켜짐과 꺼짐에 비유한 것이다. 궂은 생각이 계속되어 생의 에너지가 다 소진되었나 생각할 때 다시 아름다운 생각이 새롭게 일어난다. 이것을 시인은 하늘이 흐려지다가 눈이 내리는 것에 비유했다. 하늘이 흐려지고 세상이 어둠에 갇힐 것 같지만 소복소복 눈이 내리면 세상은 다시 아름다운 백색의 설경으로 변한다. 그러면 세상이 이렇게 아름다운 것임을 알고 좀 더 살 수 있다고 생각을 바꾸게 된다. 절망의 어둠 속에서도 생각 하나만 바꾸면 다시 환한 눈이 내리듯 새로운 소망이 생길 수 있다. 마음과 몸이 지쳐 모든 것이 끝났다고 생각하는 그 순간에도 소복소복 눈이 내리는 변화가 일어날 수 있다. 인생의 변화를 도모하며 우리는 앞날의 기대를 버리지 말아야 한다.

종일 밭일을 하던 아버지는
해거름이 지자
그물을 걷으러 바다로 간다

개펄에서 돌아오는 어머니의 등 뒤로

아득한 황혼

하교길 아이들의 등에는
달그락거리는 책가방 소리

아이를 맞으러 달려 나가
함께 집으로 오는 강아지

끼루룩 끼루룩
요란한 물새

- 「어촌 풍경」 전문

　이 시는 깨달음의 눈으로 본 인생의 진실을 포착한 작품이다. 이 시에 제시된 인간사는 지극히 평범한 일상의 일이다. 종일 밭에서 일하고 하루 일을 끝낸 아버지는 해거름이 지면 그물을 걷으러 바다로 나간다. 낮에는 낮의 일을 하고 저녁에는 저녁의 일을 하는 것이 어촌의 일상이다. 늘 하는 일이기에 특별한 것도 없고 새로운 것도 없다. 인생이 이런 것이라고 특별히 자각할 것도 없다. 개펄에서 돌아오는 어머니의 등 뒤에는 황혼이 펼쳐지고 학교에서 돌아오는 아이들 책가방에서는 달그락거리는 소리가 난다. 강아지가 아이를 보고 맞으러 달려 나가고 아이는 강아지를 반기며 함께 집으로 돌아온다. 저녁 하늘에는 여느 때처럼 물새가 운다. 어느 어촌에서

나 흔히 볼 수 있는 풍경이다. 이 풍경 속에 인생의 진실이 있다. 운문雲門 선사가 말한 "하루하루가 좋은 날日日是好日"이 바로 이것이다.

운문 선사가 대중들에게 물었다. "보름 이전에 대해서는 너희에게 묻지 않겠다. 보름 이후에 대해 한마디만 말해 보아라." 제자들은 무슨 뜻인지 몰라 아무 대답도 할 수 없었다. 제자들은 모두 심각한 내용만 머리에 굴리고 있었기 때문이다. 운문 선사의 답은 간단했다. "하루하루가 좋은 날이지." 운문 선사는 바로 위의 시에 펼쳐진 것 같은 자연스러운 일상의 일을 염두에 둔 것이다. 하루하루 변함없이 일상의 일이 전개된다면 그것이 좋은 날이 아니겠는가. 그것이 바로 자연의 순리를 따르는 길이다.

요컨대 유자효 시인이 인식하고 깨달은 이상적인 경지는 자연의 순리를 따르는 단순성의 길이다. 그가 이 시집에서 추구한 시의 경지 또한 단순성의 미학이다. 시집에 수록된 여든세 편의 시와 시조는 한마디로 말하여 단순성의 미학을 충실히 실현한 작품들이다. 복잡하고 난삽한 시가 만연한 현재의 조류에 간결과 단순의 미학은 중요한 길항적 역할을 한다. 간결 미학의 시적 요체는 압축성과 함축성이다. 형식적으로 간결한 시어로 압축되어 있고 그 압축된 시어가 풍부한 의미를 함축해야 간결 미학이 성공을 거두게 된다. 유자효의 시편들은 고속으로 급변하는 현대의 문명 회로 속에 잠시 쉴 수 있는 작은 섬 같은 역할을 한다. 이 간결의 미학이 삭막한 세상에 기적을 연출하는 오로라의 역할을 할 수 있을 것이다.

이 시집에 형상화된 삶의 예지와 생명 의식, 일상의 순리와 간결의 미학은 상호 결합하여 우리 시의 위상을 한층 높은 지점으로 견인해 갈 것이다. 그러한 견인의 각 지점에서 독자들은 정신의 안정과 정화를 새롭게 체험하게 될 것이다. 이것은 아름다운 시가 주는 축복의 성찬이다. 유자효 시인이 열어 놓은 지혜의 성찬이 세상에 널리 퍼져 소박하면서도 건실한 삶의 지평이 무한히 이어지기를 소망한다. 끝없이 이어질 생명의 바다에 기대어 소망의 영원함을 꿈꾸어 본다. 유자효 시의 그윽한 품 안에서는 넉넉히 그럴 수 있을 것이다.

황금알 시인선